Edmond Dupuy

# Généralités sur la chimie organique

## Thèse

Anatiposi

**Edmond Dupuy**

# Généralités sur la chimie organique

## Thèse

Réimpression inchangée de l'édition originale de 1868.

1ère édition 2023   |   ISBN: 978-3-38220-220-0

Anatiposi Verlag est une marque de Outlook Verlagsgesellschaft mbH.

Verlag (Éditeur): Outlook Verlag GmbH, Zeilweg 44, 60439 Frankfurt, Deutschland
Vertretungsberechtigt (Représentant autorisé): E. Roepke, Zeilweg 44, 60439 Frankfurt, Deutschland
Druck (Imprimerie): Books on Demand GmbH, In de Tarpen 42, 22848 Norderstedt, Deutschland

# GÉNÉRALITÉS SUR LA CHIMIE ORGANIQUE.

## INTRODUCTION.

En traitant ces généralités sur la chimie organique, je n'ai pas eu la prétention de faire un travail très-nouveau; j'ai désiré présenter seulement un aperçu méthodique des notions essentielles à l'étude de la chimie organique. Si MM. les professeurs daignent regarder favorablement ce modeste essai, je serai largement récompensé de mes efforts.

### GÉNÉRALITÉS SUR LES CORPS ÉTUDIÉS EN CHIMIE ORGANIQUE.

Les substances si nombreuses étudiées en chimie organique se divisent en deux classes :

Les substances organisées;

Les substances organiques.

Ces deux classes diffèrent entre elles par les caractères suivants :

3° Aux acides, *pour former des amides.* $\vdots \vdots \ldots \vdots \vdots$. { Amides primaires.
Amides secondaires
Amides tertiaires.

*Des phénols.* — Les phénols sont un groupe de corps pyrogénés qui ont pour principal représentant l'alcool phénique appelé aussi acide phénique, *phénol.*

À côté de ces corps se trouvent diverses matières colorantes, comparables aux phénols.

On divise les phénols en plusieurs classes.

| Phénols à 2 équivalents d'oxygène $C^{2o}H^{2a-6}O^2$. | Phénols à 4 équivalents d'oxygène. $C^{2o}H^{2a-6}O^4$. | Phénols à 6 équivalents d'oxygène. |
|---|---|---|
| Phénol ordinaire. | Phénol pyrocatéchique. | Phénol pyrogallique |
| — crésylique. | — gaïcique. | appelé acide pyrogallique |
| — thymolique. | — créosotique. | pyrogallol. |
| | | frangulin. |
| | | Phénol alizarique. |
| | | — alizarine. |

Je ne m'étendrai pas plus longuement sur ce groupe de corps.

Telles sont les principales considérations que j'avais à présenter sur cette admirable science.

Je ne sais si j'ai atteint le but que je m'étais proposé, mais j'espère que MM. les professeurs voudront bien tenir compte et de mon travail et de ma bonne volonté, et si quelque erreur s'était glissées sous ma plume, je compte sur leur bienveillance pour l'excuser.

Vu : bon à imprimer,
*Le directeur de l'École,*
BUSSY.

Permis d'imprimer.
*Vice-recteur de l'Académie de Paris,*
A. MOURIER.

Paris. — Imprimé par E. Thunot et Cⁱᵉ, 26, rue Racine.

# GÉNÉRALITÉS

### SUR LA

# CHIMIE ORGANIQUE

---

# THÈSE

PRÉSENTÉE ET SOUTENUE A L'ÉCOLE SUPÉRIEURE DE PHARMACIE DE PARIS

le mardi 11 août 1868

pour obtenir le titre de pharmacien de première classe

PAR

### Edmond DUPUY

Né à Vergt (Dordogne)

Interne des hôpitaux et hospices civils de Paris
Membre de la Société d'émulation
Membre de l'Académie nationale des arts et manufactures

## PARIS

E. THUNOT ET Cᵉ, IMPRIMEURS DE L'ÉCOLE DE PHARMACIE

RUE RACINE, 26, PRÈS DE L'ODÉON

---

1868

# ÉCOLE SUPÉRIEURE DE PHARMACIE.

## ADMINISTRATEURS.

MM. BUSSY, Directeur.
    BUIGNET, Professeur titulaire.
    CHATIN, Professeur titulaire.

### PROFESSEUR HONORAIRE.

M. CAVENTOU.

## PROFESSEURS.

| | |
|---|---|
| MM. BUSSY. . . . . . . . | Chimie inorganique. |
| BERTHELOT. . . . . . . | Chimie organique. |
| LECANU. . . . . . . . } | Pharmacie. |
| CHEVALLIER. . . . . . } | |
| CHATIN. . . . . . . . | Botanique. |
| A. MILNE EDWARDS. . | Zoologie. |
| N. . . . . . . . . . | Toxicologie. |
| BUIGNET. . . . . . . | Physique. |
| PLANCHON. . . . . . . { | Histoire naturelle des médicaments. |

### PROFESSEURS DÉLÉGUÉS DE LA FACULTÉ DE MÉDECIN

MM. REGNAULD.
    BOUCHARDAT.

## AGRÉGÉS.

| MM. LUTZ. | MM. GRASSI. |
|---|---|
| L. SOUBEIRAN. | BAUDRIMONT. |
| RICHE. | DUCOM. |
| BOUIS. | |

NOTA. *L'École ne prend sous sa responsabilité aucune des opinions émises par les candidats.*

A MA FAMILLE.

———

A MES AMIS.

# A M. PERSONNE,

Pharmacien en chef de l'hôpital de la Pitié
Chef des travaux chimiques à l'École supérieure de pharmacie

---

# A M. BAUDRIMONT,

Pharmacien en chef de l'hôpital Sainte-Eugénie
Professeur agrégé à l'École supérieure de pharmacie

# OPÉRATIONS PRATIQUES.

## CHIMIE.

### I. *Oxyde de zinc par sublimation.*

Zinc exempt d'arsenic. . . . . 500

### II. *Sulfate de zinc.*

Zinc pur en grenailles. . . . . 100
Acide sulfurique à 1,85. . . . 125

### III. *Acétate de zinc.*

Sulfate de zinc. . . . . . . . 100
Carbonate de soude cristallisé. . 110
Acide acétique. . . . . . . . 50

### IV. *Valérianate de zinc.*

Acide valérianique. . . . . . 10
Sulfate de zinc. . . . . . . . 50
Carbonate de soude. . . . . 55

### V. *Sulfate de cadmium.*

Cadmium. . . . . . . . . . 50
Acide nitrique. . . . . . . . 150
Carbonate de soude cristallisé. 200
Acide sulfurique. . . . . . . 60

## PHARMACIE.

### I. *Sirop de jusquiame.*

Teinture de jusquiame. . . . . 75
Sirop de sucre. . . . . . . . 1000

### II. *Extrait alcoolique de jusquiame.*

Feuilles sèches de jusquiame. . 1000
Alcool à 60°. . . . . . . . . 6000

### III. *Extrait de semences de jusquiame.*

Semences de jusquiame. . . . . 1000
Alcool à 60°. . . . . . . . . 6000

### IV. *Teinture éthérée de jusquiame.*

Poudre de feuilles de jusquiame. 100
Éther alcoolisé à 0,76. . . . . 500

### V. *Hyosciamine.*

Semences de jusquiame . . . . 2000
Alcool à 90°. . . . . . . . . 10000
Éther. . . . . . . . . . . . 500

| *Substances organisées.* | *Substances organiques.* |
|---|---|
| Elles font partie constitutive des organes végétaux ou animaux. | Elles ne font pas partie constitutive des organes végétaux ou animaux ; mais elles en dérivent. |
| Elles se présentent en masses globulaires ou arrondies. | Elles sont solubles. |
| Elles sont insolubles. | Elles affectent des formes cristallines déterminées. |
| Elles ne cristallisent pas. | |
| Ex. Amidon — Cellulose — Fibrine. | Elles ont un point d'ébullition constant. |
| | Elles ont un point de fusion constant. |
| | Parmi elles : Sucre — Acide acétique — Quinine, etc. |

Je ne m'occuperai spécialement que des substances organiques.

### CONSTITUTION DES CORPS ORGANIQUES.

Les corps organiques sont en général formés de carbone, hydrogène, oxygène, azote.

Ils renferment quelquefois du soufre et rarement du phosphore.

Mais parmi ces éléments, le carbone est celui qui joue le rôle principal. C'est l'élément organique par excellence, car il se trouve dans tous les composés organiques, et l'on peut dire que la chimie organique est la chimie des combinaisons du carbone.

Ces éléments peuvent être associés de beaucoup de manières :

1° Carbone + Hydrogène . . . . . . . . . . formant les carbures d'hydrogène.
2° Carbone + Hydrogène + Oxygène . . . . . Alcools — Acides — Sucres.
3° Carbone avec azote. . . . . . . . . . . . Cyanogène.
4° Carbone + Azote + Hydrogène. . . . . . . Alcalis.
5° Carbone + Hydrogène + Azote + Oxygène.

### OBJET DE LA CHIMIE ORGANIQUE.

La chimie organique a pour objet l'étude des métamorphoses des substances qui existent dans les êtres organisés, ou qui en dérivent.

Les phénomènes dont elle s'occupe s'accomplissent suivant les lois de la chimie minérale, et les moyens qu'elle emploie sont les mêmes qu'en chimie minérale.

### MOYENS EMPLOYÉS.

Emploi de la chaleur, de l'électricité, contact des corps doués d'affinités différentes.

Elle se sert aussi de trois moyens généraux qui sont : l'oxydation, la réduction, la substitution.

### BUT, UTILITÉ, DÉFINITION DE CES TROIS MOYENS.

*Oxydation.*—Ce moyen est très-employé en chimie organique; il permet, étant donné un corps, de le métamorphoser en une série de corps organiques nouveaux en le faisant passer par une série d'états intermédiaires.

Comme exemple prenons l'*acide stéarique*, si je le mets en contact avec l'acide azotique ou un corps facilement désoxydable, j'obtiendrai, suivant la température et les proportions du mélange :

| | | | |
|---|---|---|---|
| A. caprique. . . . . . | $C^{20}H^{20}O^4$. | Ac. subérique . . . . . | $C^{16}H^{14}O^4$. |
| A. caproïque . . . . . | $C^{12}H^{12}O^4$. | Ac. pimélique . . . . . | $C^{14}H^{12}O^8$. |
| A. butyrique. . . . . . | $C^8H^8O^4$. | Ac. adipique. . . . . . | $C^{12}H^{10}O^8$. |
| | | Ac. succinique. . . . . | $C^8H^6O^8$. |

*Réduction.* — Cet agent est beaucoup moins facile, il consiste à enlever de l'oxygène à des corps très-oxygénés.

Un des bons moyens de réduction, c'est la fermentation.

Exemple : l'acide malique se change en acide succinique si l'on abandonne avec du fromage pourri le malate de chaux.

Acide malique — 20 = acide succinique.

*Substitution.* — Ce moyen a été utilisé :

1° Pour remplacer certains corps simples par d'autres corps simples;

2° Pour remplacer certains radicaux composés par d'autres radicaux composés.

38

2

1ᵉʳ *exemple*. — On peut remplacer par voie d'échange :

1° Des groupes composés de carbone + hydrogène. . . . . $\left\{\begin{array}{l}\text{(Méthyle).}\\\text{Éthyle.}\\\text{Amyle.}\end{array}\right.$

2°        —        de carbone + hydrogène + oxygène.   (Benzoïle).

par d'autres semblables qui produisent de nouvelles combinaisons dont les propriétés sont très-rapprochées des propriétés primitives de substances où l'on a effectué le mélange.

2ᵉ *exemple*. — *Dans les combinaisons minérales* on peut substituer à un de leurs éléments des groupes organiques, et arriver à produire des combinaisons organiques dont les caractères ressemblent aux caractères de ces combinaisons minérales.

Dans l'Ammoniaque $AzH^3 = Az$ $\left\{\begin{array}{l}H\\H\\H\end{array}\right.$ On peut remplacer H par les groupes :

Méthyle — Éthyle — Amyle de façon à produire de nouveaux alcalis comme l'ammoniaque.

Si l'on remplace 1 éq. d'hydrogène par 1 éq. de méthyle. . . Méthylamine.

    —     2 éq.     —     par 2 éq. de méthyle. . . Diméthylamine.

    —     3 éq.     —     par 3 éq. de méthyle. . . Triméthylamine

Il en serait de même pour l'éthyle ; on obtiendrait. . . . $\left\{\begin{array}{l}\text{Éthylamine.}\\\text{Diéthylamine.}\\\text{Triéthylamine.}\end{array}\right.$

Et en général il en serait ainsi pour tous les groupes amyle, propyle, butyle.

A ces trois moyens généraux, viennent s'ajouter d'autres méthodes générales étudiées dans ces derniers temps par M. Berthelot, et qui sont :

    1° méthode d'addition,

    2°    —    de double décomposition,

    3°    —    de condensation.

Il en sera parlé plus tard.

—••••••—

# DE L'ÉTUDE DE LA CHIMIE ORGANIQUE.

Elle peut se faire de deux manières :
En suivant la méthode de l'analyse,
En suivant la méthode de la synthèse.

*Méthode analytique.* — Cette méthode est adoptée par un grand nombre de chimistes.

Elle est fondée sur l'analyse, c'est-à-dire la décomposition des corps complexes pour arriver à des corps plus simples dont on peut étudier la nature.

On distingue deux sortes d'analyses : l'analyse immédiate et l'analyse élémentaire.

*De l'analyse immédiate.* — C'est une opération qui a pour but de séparer les espèces qui constituent immédiatement les êtres organisés.

Si l'on prend un citron, on trouve qu'il renferme : 1° une essence, 2° acide citrique, 3° du sucre, 4° albumine, etc., etc. Donc si on veut l'étudier, il faudra séparer les diverses espèces ou principes immédiats qui forment ce citron; on appelle cette séparation *analyse immédiate.*

Sans entrer dans les détails de cette opération, je dirai seulement qu'elle est très-délicate et qu'elle se fait par les moyens suivants :

1° Emploi du triage mécanique à la loupe ou au microscope.

2° Emploi des dissolvants :

A froid ou à chaud suivant les cas.
- *Neutres.* . . Alcool — Éther — Eau — Sulfure de carbone — Chloroforme — Essence de térébenthine.
- *Acides.* . . . Acides chlorhydrique — sulfurique.
- *Basiques* . . Ammoniaque — Potasse — Soude — Acétate basique de plomb.

3° Emploi de la distillation.

*De l'analyse élémentaire.* — C'est une opération qui a pour but de faire connaître la nature et la proportion des éléments qui sont dans un principe immédiat.

*Principe.* — Nous savons que toutes les substances organiques sont essentiellement formées de carbone, hydrogène, oxygène, azote, quelquefois de soufre, rarement de phosphore.

On a à considérer deux cas :

La matière ne renferme pas d'azote (A);

La matière renferme de l'azote (B).

A. *Principe.*
> On brûle l'hydrogène et le carbone au moyen de l'oxygène libre ou de l'oxygène contenu dans un oxyde facilement réductible.
> Hydrogène se change en eau qu'on condense et pèse.
> Carbone se change en acide carbonique qu'on fixe et pèse.
> Du poids de l'eau on déduit le poids de l'hydrogène.
> Du poids de l'acide carbonique on déduit le poids du carbone.
> Quant à l'azote, on le dose : { soit à l'état libre.
> { soit à l'état d'ammoniaque.
> L'oxygène est donné par différence.

Comme pour l'analyse immédiate, sans entrer dans aucun détail, je vais indiquer les principales précautions et opérations à employer.

*Opérations préliminaires.*

1° S'assurer de la pureté des produits ;

2° S'assurer de l'absence de parties minérales;

3° Dessécher les substances :
> *A froid...* Dans une atmosphère comprimée en présence de l'acide sulfurique concentré.
> *A chaud...* Dans un courant d'air chauffé.
> Par l'emploi simultané de la chaleur et du vide.

*Quantité de matière à employer.* — 1° La quantité de matière à employer varie de 3 à 5 décigrammes.

*Observations.* — Si la matière est visqueuse, on la met dans une petite nacelle et on la glisse dans le tube à combustion ; si la substance est volatile, on la met dans un tube fermé et on la glisse dans le tube à combustion.

L'opération se fait dans un tube en verre peu fusible de 1 mètre environ.

Mon intention étant de donner des généralités sur les composés organiques, on comprendra que je ne puis m'arrêter aux détails des analyses qu'on trouve si bien décrits dans les ouvrages de MM. Gerardt, Würtz, Malaguti, etc.

*Cas où la matière contient du soufre.* — On l'oxyde par l'acide azotique. Le soufre se change en acide sulfurique, que l'on précipite par le chlorure de barium. Du poids du sulfate de baryte, on déduit le poids de S.

### DÉTERMINATION DU CHLORE, DU BROME, DE L'AZOTE.

*Principe.* — Les substances organiques qui contiennent du chlore, du brome, de l'iode sont décomposées par les alcalis minéraux à une haute température. On emploie surtout à cet usage la chaux exempte de chlore.

*Cas où la matière contient du chlore.* — On la chauffe au rouge sombre avec de la chaux. Il se forme du chlorure de calcium qui reste mélange avec l'excès de chaux. On traite par l'acide azotique pour dissoudre la chaux et le chlorure de calcium. On filtre et l'on précipite la liqueur par l'azotate d'argent. Il se forme du chlorure d'argent qu'on lave, sèche et pèse. — De son poids on déduit la quantité de chlore contenu dans la matière organique. En effet, 100 parties de chlorure d'argent contiennent 24,74 parties de chlore.

Le dosage du brome et de l'iode se ferait d'une façon analogue.

### DÉTERMINATION DE L'ÉQUIVALENT.

Quand on a trouvé la nature et la proportion des corps simples qui entrent dans un composé, on établit le rapport des équivalents de ces corps simples; et pour cela on divise la quantité trouvée pour chaque corps simple par l'équivalent de ce corps. On connaît ainsi l'équivalent de la substance ou l'un de ses multiples.

*Méthode synthétique.* — Elle a pour but la reproduction des principes immédiats par des moyens artificiels. Cette méthode a été surtout étudiée par M. Berthelot. Ce savant chimiste a pu, par des moyens synthétiques convenablement choisis, reproduire la plupart des composés organiques.

M. Berthelot a montré dans un admirable ouvrage que les carbures d'hydrogène pouvaient être considérés comme les générateurs de tous les composés organiques, et pour cela, il a fait voir qu'une matière quaternaire étant donnée, on pouvait, par des réactions successives, la transformer en une matière ternaire, puis binaire, représentant un carbure d'hydrogène. A côté de cette échelle de l'analyse, il place une échelle de la synthèse qui montre qu'en partant des carbures d'hydrogène, on peut former des corps ternaires, puis des corps quaternaires.

Développons ces deux marches, l'une analytique, l'autre synthétique.

### DE LA MARCHE ANALYTIQUE.

1er *problème*. — Comment peut-on, une matière quaternaire formée de carbone-hydrogène-oxygène et d'azote étant donnée, arriver à en éliminer l'azote, puis l'oxygène, de façon à arriver à un carbure d'hydrogène.

Prenons pour exemple l'asparagine.

Si l'on chauffe ce principe avec de la potasse, l'azote s'en va sous forme d'ammoniaque qui bleuit le papier de tournesol. L'azote étant éliminé, nous arrivons ainsi à un composé ternaire formé de carbone-hydrogène-oxygène.

Donc on peut se poser ce 2e *problème* : Il s'agit, étant donnée une matière ternaire, formée de carbone-hydrogène-oxygène, d'enlever l'oxygène de façon à arriver à une combinaison binaire.

Plusieurs méthodes peuvent nous conduire à ce résultat.

Prenons pour exemple l'alcool ordinaire $C^4H^6O^2$.

On fait agir sur cet alcool un hydracide et l'on emploie surtout acide iodhydrique.

$$\text{Réaction } C^4H^6O^2 + HI = C^4H^5I + H^2O^2.$$

On arrive ainsi à obtenir un composé $C^4H^5I$, qui est l'éther iodhydrique, composé beaucoup plus réductible que l'alcool.

Si l'on traite cet éther iodhydrique par l'hydrogène naissant, on a :

$$C^4H^5I + H^2 = C^4H^6 + HI.$$

On voit que finalement on arrive à un corps $C^4H^4$ (hydrure d'éthylène) qui est un carbure d'hydrogène représentant alcool, auquel on a enlevé de l'oxygène.

### CONCLUSION.

Ces exemples nous montrent qu'à toute combinaison quaternaire on peut enlever l'azote, puis l'oxygène, de façon à arriver à un carbure d'hydrogène.

### DE LA MARCHE SYNTHÉTIQUE.

Cette marche, inverse de l'échelle analytique, va nous montrer qu'en partant des carbures d'hydrogène, il est possible d'arriver à former des corps ternaires, puis quaternaires. Ces carbures d'hydrogène peuvent eux-mêmes s'obtenir par deux marches synthétiques.

1° En partant du carbone de l'hydrogène, on peut réaliser la combinaison de ces deux éléments sous l'influence de l'arc voltaïque $C^4 + H^2 = C^4H^2$ (acétylène).

Ce carbure traité par l'hydrogène naissant donne le gaz oléfiant $C^4H^4$.

2° *méthode.* — En partant des éléments oxydés (c'est-à-dire de l'eau et de l'acide carbonique), on change l'acide carbonique en oxyde de carbone $C^2O^4 - O^2 = C^2O^2$.

Cet oxyde fixant les éléments de l'eau donne l'acide formique $C^2O^2 + H^2O^2 = C^2H^2O^4$.

Avec l'acide formique on peut obtenir le gaz des marais $C^2H^4$.

Avec le gaz des marais on peut obtenir :

> $C^2H^4$ Acétylène,
> $C^4H^4$ Gaz oléfiant,
> $C^6H^6$ Propylène,
> $C^8H^8$ Butylène, etc., etc.

Ces carbures obtenus, on arrive au résultat cherché par deux méthodes générales :

En fixant de l'oxygène sur les carbures d'hydrogène,

En fixant de l'eau sur les carbures d'hydrogène.

*Exemple de la 1re méthode.* — En fixant de l'oxygène sur le gaz des marais on a :

$$C^2H^4 + O^2 = C^2H^4O^2 \text{ (alcool méthylique).}$$

*Exemple de la 2e méthode.* — En fixant de l'eau sur le gaz oléfiant on a :

$$C^4H^4 + H^2O^2 = C^4H^6O^2 \text{ (alcool ordinaire).}$$

Ces deux méthodes sont employées pour obtenir la synthèse des alcools.

Si l'on oxyde les alcools de deux manières, on arrive à deux nouvelles classes de corps :

1° Si l'on enlève de l'hydrogène sans addition d'oxygène, on obtient les *aldéhydes.*

Exemple. Si on enlève 2 équivalents d'hydrogène à l'alcool ordinaire, on obtient l'aldéhyde ordinaire.

$$C^4H^6O^2 + O^2 = C^4H^4O^2 + H^2O^2.$$

On enlève l'hydrogène sous forme d'eau.

De même, en enlevant de l'hydrogène à l'alcool benzoïque, j'obtiens l'aldéhyde benzoïque.

De même, en enlevant de l'hydrogène avec l'alcool campholique, j'obtiens l'aldéhyde campholique.

Et en général, en enlevant de l'hydrogène à un alcool quelconque, on obtient l'aldéhyde de cet alcool.

2° Si l'on pousse plus loin l'oxydation de l'alcool, on obtient les *acides :*

Ex. Si l'on oxyde l'alcool ordinaire on obtient l'acide acétique.

$$C^4H^4O^2 + O^4 = C^4H^4O^4 + H^2O^2.$$

De même l'alcool benzoïque donnerait. . . Acide benzoïque.

—          propylique   —   . . . Acide lactique.

Comment obtiendra-t-on une nouvelle classe de corps, les éthers?

En faisant agir les acides sur les alcools, on obtient les éthers.

Si je fais agir les alcools entre eux..., on obtient éthers mixtes.

## SYNTHÈSE DES MATIÈRES AZOTÉES.

On fixe l'azote sur une substance organique par deux méthodes générales :

1° En faisant agir l'acide azotique sur les composés binaires ou ternaires on obtient ainsi les alcalis;

2° En faisant agir l'ammoniaque sur les composés binaires ou ternaires; par cette seconde méthode on obtient deux nouvelles classes de corps suivant que l'ammoniaque agit sur telle ou telle substance.

1ᵉʳ *cas.* — Si l'ammoniaque agit sur des matières oxygénées jouant le rôle d'alcool ou le rôle d'aldéhydes on obtient *des alcalis*.

2ᵉ *cas.* — Si l'ammoniaque agit sur des matières oxygénées, acides, ou jouant le rôle d'acide on obtient des *amides*.

### SYNTHÈSE DES MATIÈRES QUI RENFERMENT DU SOUFRE.

En général, on obtiendra les corps qui contiennent du soufre, en faisant réagir soit l'acide sulfhydrique, soit l'acide sulfurique, sur des substances oxygénées bien choisies.

### RÉSUMÉ DES MÉTHODES GÉNÉRALES DE SYNTHÈSE.

| Trois Méthodes générales. | | |
|---|---|---|
| | *Méthode d'hydrogénation.* | Qui consiste à faire agir l'hydrogène naissant sur le carbone libre, puis l'hydrogène naissant sur le carbure d'hydrogène déjà formé et aussi à l'état naissant. |
| | *Méthode d'oxydation.* | *Oxydation directe.* Consiste à faire agir l'oxygène directement, sur les substances organiques. |
| | | *Oxydation indirecte.* Dans ce cas les corps doivent être mis en présence à l'état naissant. |
| | *Méthode d'hydratation.* | Elle fixe à la fois sur une substance l'hydrogène et l'oxygène à équivalents égaux. |

RÔLE DU TEMPS.

Il est encore dans les expériences synthétiques un agent des plus importants et que rien ne saurait remplacer : je veux parler du rôle du temps.

Ainsi, par exemple, pour obtenir la synthèse de l'alcool ordinaire à l'aide de l'éthylène et de l'eau, il faut donner 3,000 secousses environ au mélange.

CONCLUSIONS.

Des considérations précédentes, on peut tirer ces conclusions :

1° Que si les expériences analytiques présentent un grand intérêt, les expériences synthétiques en présentent un au moins aussi grand ;

2° Que cette marche synthétique partant des éléments simples pour arriver à des éléments de plus en plus complets, est très-avantageuse :

    1° *Pour l'étude*, qui est d'autant plus facile qu'on passe du simple au composé ;

    2° Pour la classification des substances organiques, qui découle tout naturellement de l'ensemble des faits exposés.

CLASSIFICATION ET ÉTUDE DES COMPOSÉS ORGANIQUES.

Les substances organiques peuvent se classer en un certain nombre de groupes, ayant chacun des fonctions chimiques particulières. Ces groupes embrassent la chimie organique tout entière.

Ces fonctions chimiques sont au nombre de huit :

    Carbures d'hydrogène,
    Alcools,
    Éthers,
    Radicaux métalliques composés,
    Aldéhydes,

Acides,
Alcalis,
Amides.

### DES CARBURES D'HYDROGÈNE.

1° Ces composés sont très-nombreux, et on en trouve de solides, de liquides, de gazeux.

*Solides.—Caoutchouc gutta-percha.*

*Liquides.* — Benzine.

*Gazeux.* — Formène, éthylène.

2° Ils sont toujours neutres, c'est-à-dire qu'ils n'entrent en réaction ni avec les bases ni avec les acides.

3° Ils peuvent entrer en réaction en totalité, à l'égard de la plupart des autres substances. C'est ainsi que certains carbures se combinent *en totalité* au chlore, au brome, à l'iode.

Dans d'autres cas, il y a substitution, dans ces carbures, d'un même nombre d'équivalents de chlore au même nombre d'équivalents d'hydrogène. Ex. : $C^2H^4 + Cl^3 = C^2HCl^3 + H$.

4° Ils servent à la formation des alcools et des éthers ;

5° Il existe des relations régulières dans leur condensation.

### QUE VEUT DIRE LE MOT CONDENSATION ?

Prenons par exemple le plus simple des carbures d'hydrogène, le gaz des marais $C^2H^4$.

La formule de ce corps est $C^2H^4$. — Cette formule correspond à 4 volumes et à l'équivalent de ce corps qui est 16.

$$C^2 = 12$$
$$H^4 = 4$$
$$\overline{C^2H^4 = 16}$$

Cela veut dire que 16 gr. ou 1 équivalent de $C^2H^4$ occupe un volume quatre fois plus grand que 8 gr. ou 1 équivalent d'oxygène.

Comparons la condensation de ce premier carbure, avec celle de quelques autres. Par exemple le gaz oléfiant.

Cette formule correspond à 4 volumes et à l'équivalent de ce corps qui est 28.

En effet ,

$$C^4 = 24$$
$$H^4 = 4$$
$$\overline{C^4H^4 = 28}$$

Ce qui signifie que 28 gr. (1 équivalent) de $C^4 H^4$ occupent un volume quatre fois plus grand que 8 gr. (1 équivalent d'oxygène).

Par conséquent le même volume que 16 gr. ou 1 équivalent de $C^2 H^4$.

*Conclusion.* — Un même volume renferme,

$4 \times 6$ ou 24 carbone (gaz oléfiant) $(C^4H^4)$.
$2 \times 6$ ou 12 carbone (gaz des marais) $(C^2H^4)$.

Donc un même volume, 1 litre par exemple, de gaz oléfiant renferme deux fois plus de carbone que 1 litre de gaz des marais $C^2H^4$

Les formules de ces corps expriment cette relation.

L'une, $C^4H^4$ renferme 2 éq. de carbone;
L'autre, $C^2H^4$ renferme 4 éq. de carbone.

Le carbone est deux fois aussi condensé dans le second que dans le premier.

Si l'on range par ordre de condensation, ces divers carbures, on arrive à former une série régulière représentée dans le tableau :

*Tableau des carbures d'hydrogène.*

| $C^{2n}H^{2n+2}$. Hydrures. | $C^{2n}H^{2n}$. Éthylènes. | $C^{2n}H^{2n-2}$. Acétylènes | $C^{2n}H^{2n-4}$. Térébènes. | $C^{2n}H^{2n-6}$. Benzines. | $C^{2n}H^{2n-8}$. Cinnamènes. | $C^{2n}H^{2n-12}$. Nahptalines. | $C^{2n}H^{2n-16}$. Stilbènes. |
|---|---|---|---|---|---|---|---|
| Hydrures de Méthyle. Éthylène. Propylène. Butylène. Amylène. Caprollène. | Ethylène. Propylène. Amylène. Caprollène. OEnanthylène. Caprylène. | Acétylène. Allylène. Crotonylène Valirylène. | Essence té rébenthine. | Benzine. Toluine. Xylène. Cumène. Cymène. | | | |

FORMÈNE CONSIDÉRÉ COMME POINT DE DÉPART DES AUTRES CARBURES.

On peut considérer le formène (*gaz des marais*) comme le point de départ de tous les autres carbures.

En effet, on peut transformer le formène en un carbure plus condensé, c'est-à-dire contenant sous le même volume une plus grande quantité de Carbone, et on y arrive par *trois méthodes générales*.

1° *Méthode de condensation directe.* — Elle consiste à transformer *directement* le formène en des carbures plus condensés.

$C^2H^4$ changé en $C^4H^2$ ( Acétylène ) Carbures qui contiennent deux fois autant
$C^2H^4$ changé en $C^4H^4$ { Éthylène } de carbone sous le même volume.
$C^2H^4$ changé en $C^{12}H^6$ { Benzine } Carbure contenant six fois autant de carbone sous le même volume.

2° *Méthode de condensation simultanée.* Elle consiste à transformer un carbure naissant en plusieurs autres carbures produits simultanément, et plus condensés que leurs générateurs.

Ex. : $C^2H^4$, sous l'influence de l'état naissant, donne $C^4H^4$, 2 fois aut. de carbone.
$C^6H^6$, 3 fois aut. de carbone.
$C^8H^8$, 4 fois aut. de carbone.

*Méthode d'addition.* — Elle consiste à ajouter l'une à l'autre les quantités de carbone contenues dans deux composés organiques :

$$2(C^2H^6) + C^2O^3 = C^4H^6 + H^2O^2.$$ $C^6H^6$ contenant 3 fois autant de carbone.

Cette méthode est la plus générale.

SYNTHÈSE DE CES CARBURES.

Il y a quelques années on ne savait les obtenir que par la destruction d'autres matières organiques ; mais aujourd'hui, grâce aux travaux de M. Berthelot, on peut les former de toutes pièces en combinant directement le carbone et l'hydrogène.

Pour cela, on fait arriver de l'hydrogène sec dans l'arc électrique qui jaillit entre deux charbons conducteurs, sous l'influence d'une pile de 20 à 30 éléments.

On fait l'expérience dans un ballon en verre portant deux tubulures latérales. L'hydrogène arrive par une tubulure, circule dans le ballon, et sort par la tubulure opposée. Il passe entre deux cônes de charbon. Il se combine au charbon pour former un gaz appelé l'acétylène $C^4 + H^2 = C^4H^2$.

Ce gaz est entraîné par le courant gazeux, et il se condense dans une solution de protochlorure de cuivre ammoniacal, en produisant un précipité rouge d'acétylure cuivreux.

ÉTUDE RAPIDE DES PROPRIÉTÉS PRINCIPALES DE CHAQUE GROUPE DE CARBURES.

**1er groupe.** — Des hydrures formule $C^{2n}H^{2n+2}$. Type formène.

1° Ces carbures offrent une grande résistance à l'action du chlore et du brome.

2° Ils ne sont attaqués ni par l'acide azotique ni par l'acide sulfurique.

3° Si l'on traite par la potasse le composé qui résulte de la substitution d'un équivalent de chlore à un équivalent d'hydrogène dans ces carbures, on peut arriver à reproduire synthétiquement l'alcool et ses homologues.

$$\text{Ex.} \quad C^2H^4 + 2Cl = C^2H^3Cl + HCl.$$
$$C^2H^3Cl + KO,HO = \underbrace{C^2H^4O^2}_{\text{Esprit de bois.}} + KCl.$$

*Préparation.* — En traitant les acides homologues, dits acides gras, par la baryte en excès.

Réaction générale $C^{2n}H^{2n}O^4 + 2(BaO) = 2(BaO,CO^2) + C^{2n}H^{2n+2}$.

**2e groupe.** *Composés Éthyléniques.* — Formule générale $C^{2n}H^{2n}$. Type éthylène.

Ce second groupe comprend :

| | |
|---|---|
| Des corps gazeux. | **Éthylène-propylène.** |
| Des corps liquides. | **Butylène-amyène-hexylène.** |
| Des corps solides. | **Paraffine.** |

*Solubilité.* — Ces corps sont solubles dans l'eau et plus encore dans l'alcool.

*Action des corps. Chlore.* — Ils s'unissent à 2 équivalents de chlore et forment des composés qui, par l'action ménagée du chlore peuvent donner des produits de substitution très-remarquables.

$$\text{Ex. } C^4H^4 \text{ avec } 2\,Cl = C^4H^4Cl^2.$$

$C^4H^4Cl^2$ liqueur des Hollandais, traité par le chlore avec ménagement, donne successivement . . . .
$$\left\{ \begin{array}{l} C^4H^3Cl^3. \\ C^4H^2Cl^4. \\ C^4HCl^5. \\ C^4Cl^6. \end{array} \right.$$

*Brome.* — Donne des produits correspondant à ceux obtenus par l'action du chlore.

### ACIDE SULFURIQUE.

$$\left\{ \begin{array}{l} \textit{Très-concentré.} \text{ Il absorbe ces carbures.} \\ \textit{Ordinaire.} \ldots \text{Il forme des acides viniques. Acide sulfovinique,} \\ \qquad\qquad\qquad\qquad\qquad\quad - \quad \text{ sulfopropylique,} \\ \qquad\qquad\qquad\qquad\qquad\quad - \quad \text{ sulfobutylique.} \\ \textit{Etendu.} \ldots . \text{ Il donne l'alcool correspondant au carbure, si l'on distille.} \\ \qquad\qquad \text{Ex. : } C^4H^5 + SO^33HO = C^4H^6O^2 + SO^3,HO. \end{array} \right.$$

### ACTION DES HYDRACIDES.

*Action de chlorhydrique.* On obtient chlorhydrate du carbure.
$$\text{Ex : Chlorhydrate de propylène.}$$
*Action de l'acide iodhydrique.* Iodhydrate du carbure.
    —    *bromhydrique.* Bromhydrate du carbure.

*Préparation.* — En traitant les alcools correspondant à ces divers carbures par des corps avides d'eau.

On emploie particulièrement, pour absorber l'eau, les corps suivants :

Acide sulfurique, chlorure de zinc, acide phosphorique.

Cette préparation découle, tout naturellement de la seconde méthode générale employée pour la synthèse des alcools et qui consiste à fixer de l'eau sur les carbures d'hydrogène :

$$C^4H^4 + H^2O^2 = C^4H^6O^2.$$

Si j'enlève de l'eau à l'alcool, je dois évidemment reproduire le carbone correspondant. En effet,

$$C^4H^6O^2 - H^2O^2 = C^4H^4,$$

$3^e$ *groupe. — Composés acétyléniques*, $C^{2n}H^{2n-2}$. Type acétylène $C^4H^2$.

Ce groupe renferme des *corps gazeux* acétylène.

allylène.

des *corps liquides* crotonylène-valérylène.

Ces corps se combinent avec deux équivalents de brome et donnent $C^{2n}H^{2n-2}Br^2$.

Ils se préparent d'une manière générale en faisant agir une solution alcoolique de potasse sur un carbure bromé du second groupe.

En faisant agir solution alcoolique de potasse sur :

| Acétylène. | Allylène. | Crotonylène. | Valérylène. |
|---|---|---|---|
| Ethylène bromé. | Propylène bromé. | Butylène bromé. | Amylène bromé. |

$4^e$ *groupe*. — La plus grande partie des espèces qui composent ce groupe sont des essences, et parmi elles je puis citer comme type l'essence de térébenthine $C^{20}H^{16}$. Formule générale $C^{2n}H^{2n-4}$.

A ce groupe appartiennent les essences de :

| | |
|---|---|
| Sabine, | Cubèbe, |
| Genièvre, | Camomille, |
| Rue, | Copahu, |
| Citron, | Lavande, |
| Orange, | Néroli, etc. |

Toutes ces essences ont pour formules $C^{20}H^{16}$.

Elles diffèrent par leurs *propriétés physiques. Odeur* variable. *Densité* variable entre 0,84 et 0,91. Point d'ébullition variable entre 167°, 177°, 250°.

— par leurs *propriétés chimiques*. Elles sont plus ou moins oxydables. Elles éprouvent des modifications diverses avec l'acide sulfurique.

*Fait remarquable*. Toutes forment avec l'acide chlorhydrique des combinaisons définies appelées *camphres artificiels*.

$5^e$ *groupe*. — *Benzènes* $C^{3n}H^{2n-6}$. Type benzine $C^{12}H^6$.

Ces corps proviennent généralement de la distillation du goudron.

*Leur propriété caractéristique* est de pouvoir engendrer des alcaloïdes.

M. Zinin a montré qu'en traitant la benzine par l'acide azotique, on obtenait la nitrobenzine qui, traitée par le sulfhydrate
d'ammoniaque, donnait l'*aniline*.

Ces corps présentent des réactions très-remarquables quand
on les soumet à l'action de la chaleur.

Je me borne à les signaler sans entrer plus avant dans cette
étude.

---

## DES ALCOOLS.

*Définition.* — Lesalcools sont des corps neutres, formés d'oxygène, d'hydrogène, de carbone, qui ont la propriété de se combiner avec les acides, avec élimination d'eau pour former de
nouveaux corps appelés éthers.

On distingue les alcools en deux classes :

A *Alcools monoatomiques* caractérisés par ce fait :
Ils ne donnent qu'un *éther*, soit avec un hydracide, ou un oxacide monobasique.

B *Alcools polyatomiques* divisés en alcools biatomiques,
—      —            —  triatomiques,
—      —            —  tétratomiques,
—      —            —  hexatomiques.

Caractérisés par la propriété qu'ils ont de s'unir avec 1, 2, 3, 4, 6
équivalents d'un acide quelconque, avec élimination de 1, 2, 3,
4, 6 équivalents d'eau pour former des éthers.

### SYNTHÈSE.

J'ai déjà dit que la synthèse de ces corps se faisait au moyen
des carbures d'hydrogène par deux méthodes générales :

Par la méthode d'oxydation. Ex. $C^2H^4 + O^2 = C^2H^4O^2$.

Par la méthode d'hydratation $C^4H^4 + H^2O^2 = C^4H^6O^2$.

*Des alcools monoatomiques.* — Nous venons de voir qu'en prenant un carbure d'hydrogène quelconque on peut, à l'aide des deux méthodes générales indiquées, arriver à former un alcool. Il est donc naturel de croire que la classification des alcools doit être correspondante à celle des carbures d'hydrogène. C'est en effet ce qui a lieu.

*Tableau des alcools.*

| $C^{2n}H^{2n+2}O^2$ | $C^{2n}H^{2n}O^2$ | $C^{2n}H^{2n-2}O^2$ | $C^{2n}H^{2n-4}O^2$ | $C^{2n}H^{2n-6}O^2$ | $C^{2n}H^{2n-8}O^2$ |
|---|---|---|---|---|---|
| Alcools. Méthylique. Ethylique. Propylique. Butylique. Amylique, etc., etc. | Alcools. Acétylique. Allylique. | Alcool. Campholique. | Pas de connu. | Alcools. Benzilique. Acynnique. | Alcool. Cinnamique. |

ALCOOLS HOMOLOGUES ET ALCOOLS ISOLOGUES DE L'ALCOOL ORDINAIRE.

Quand nous regardons la série des alcools, nous voyons que les uns ne diffèrent de l'alcool ordinaire $C^4H^6O^2$ que par $n$ ($C^2H^2$) ces alcools ayant du reste les mêmes fonctions que l'alcool ordinaire. Les alcools qui ne diffèrent que par n ($C^2H^2$), et qui ont mêmes propriétés et même fonction chimique que l'alcool ordinaire; sont appelés *alcools homologues de l'alcool ordinaire.*

Ce sont les alcools méthylique,

            propylique,

            butylique,

            amylique.

A côté de ces alcools homologues, nous en trouvons qui ont mêmes propriétés chimiques que l'alcool ordinaire, mais dont la composition diffère de celle de l'alcool par n ($C^2H^2$)$^{-n}$.

Ces alcools sont appelés *alcools isologues de l'alcool ordinaire.*

Ce que je viens de dire pour les alcools a été étendu aux autres composés organiques, qui ont pu être ainsi réunis en un petit nombre de séries appelées *séries homologues.*

*Séries homologues.* — Donc, en généralisant, nous dirons : Les séries homologues sont des séries de corps semblables par leur composition et leurs propriétés.

Ce rapport a été surtout remarqué dans les combinaisons organiques, dont la composition ne diffère que par $n$ fois $(C^2 H^2)$, $n$ étant un nombre entier.

### Action des acides sur les alcools monoatomiques.

1° *Hydracides*. — Si on fait agir un hydracide, acide chlorhydrique par exemple, sur un alcool monoatomique, on obtient un éther simple et élimination de 2 équivalents d'eau.

$$C^4H^6O^2 + HCl = C^4H^5Cl + H^2O^2.$$

#### OXACIDES.

*Acide monobasique*. — Donne en se combinant avec l'alcool, *un seul éther*, qu'on appellera *éther composé* avec élimination de 2 équivalents d'eau.

*Acide bibasique*. — Il se forme 1° un *éther* composé neutre ; 2° Un autre *éther* acide appelé *acide vinique*.

Ex. L'acide sulfurique donne : 1° l'éther sulfurique.

— 2° *acide sulfovinique*.

*Acide tribasique*. — Donne trois éthers.

Enfin quelques oxacides, tels que l'acide borique donnent de l'hydrogène bicarboné.

#### DES ALCOOLS POLYATOMIQUES.

Les alcools polyatomiques forment une classe importante de corps, étudiés dans ces dernières années, surtout par M. Würtz et M. Berthelot.

*Caractères*. — Ils ont la propriété de s'unir avec 1, 2, 3, 4, 6 équivalents d'un acide quelconque avec élimination de 1, 2, 3, 4, 6 équivalents d'eau pour former des éthers.

On les divise en quatre classes :

| Alcools biatomiques. | Alcools triatomiques. | Alcools tétratomiques. | Alcools hexatomiques. |
|---|---|---|---|
| Glycol. Propylglycol. Butylglycol. Amylglycol. | Glycérine. | Érhyritrite. | Mannite. Dulcite. Pinite. Quercite. Sucres. |

*Du premier groupe* (alcools biatomiques).

Ce groupe a été découvert par M. Würtz en 1856. Les alcools biatomiques sont intermédiaires entre les alcools monoatomiques et les alcools triatomiques.

1° Ils se combinent avec 2 équivalents d'un acide monobasique pour former des éthers neutres.

Ex. avec l'acide chlorhydrique, ils donnent { glycol monochlorhydrique, glycol dichlorhydrique.

Avec l'acide acétique, ils donnent { le glycol monoacétique le glycol diacétique.

2° Ces éthers ont la propriété, comme les éthers composés, de régénérer le glycol si on les soumet à l'action d'une base forte.

3° Si l'on oxyde ces alcools, ils forment des acides bibasiques.— Ex. Par l'action de l'oxygène le glycol se change en acide glycollique

$$C^4H^6O^4 + H^2O^2 = C^4H^4O^6.$$

On connaît aujourd'hui les glycols suivants :

Points d'ébullition.

| | |
|---|---|
| Le glycol éthylénique ou glycol ordinaire. . . . . . | 197° |
| — propylénique ou propylglycol. . . . . . . . | 189° |
| — butylénique ou butylglycol . . . . . . . . | 184° |
| — amylénique ou amylglycol . . . . . . . . | 177° |
| — hexylénique ou hexylglycol . . . . . . . . | 207° |
| — octylénique ou octylglycol. | |

Les quatre premiers termes de cette série présentent un fait singulier : leurs points d'ébullition s'abaissent à mesure que la molécule se complique, tandis que, généralement, ces points d'ébullition s'élèvent avec la complication moléculaire.

### Le second groupe (alcools triatomiques).

Le type de ces alcools est la glycérine qui a été l'objet de travaux importants dus à M. Berthelot.

La glycérine est d'autant plus intéressante à étudier qu'elle constitue, par sa combinaison avec les acides tous les corps gras connus. Des travaux de M. Chevreul, il résulte en effet que ces corps gras sont les éthers de la glycérine.

Stéarine = glycérine + acide stéarique.
Margarine = glycérine + acide margarique.
Oléine = glycérine + acide oléique.

La glycérine étant un alcool triatomique donne avec chaque acide monobasique trois éthers avec élimination d'eau. Ces combinaisons sont appelées *glycérides* ou éthers de la glycérine.

Si l'on représente par G = glycérine, A = un acide monobasique quelconque, H, la formule de l'eau $H^1 O^2$,

On verra que la glycérine donne avec chaque acide monobasique 3 éthers dont la formation peut se représenter par les formules génériques suivantes :

$G + A - H = 1^{re}$ série.
$G + 2A - 2H = 2^e$ série.
$G + 3A - 3H = 3^e$ série (c'est à ce groupe qu'appartiennent les corps gras).

| Acide chlorhydrique. | Acide butyrique. | Acide acétique. | Acide stéarique. |
|---|---|---|---|
| Monochlorhydrine. | Monobutyrine. | Monacétine. | Monostéarine. |
| Dichlorhydrine. | Dibutyrine. | Diacétine. | Distéarine. |
| Trichlorhydrine. | Tributyrine. | Triacétine. | Tristéarine. |

Les combinaisons les plus étudiées de la glycérine sont les combinaisons avec les acides *glycérides*.

Mais la glycérine étant un alcool doit donner :

1° Avec les acides, des éthers ;

2° Avec les alcools, des éthers mixtes ;

3° Des composés formés par des hydratations analogues aux carbures d'hydrogène ;

4° Avec ammoniaque, des alcalis ;

5° Avec les hydrures métalliques, des radicaux organo-métalliques ;

6° Oxydée, des aldéhydes ;

7° Oxydation plus profonde, des acides ;

*Troisième groupe* (alcools tétratomiques).

On n'en connaît qu'un seul, découvert par M. de Luynes, c'est l'érythrite.

M. Berthelot a vu que l'érythrite se combinait avec les acides stéarique, benzoïque, malique pour donner des corps neutres analogues aux éthers.

Cet alcool peut fournir quatre éthers avec un acide monobasique.

*4° groupe.* — Ce quatrième groupe est formé par des corps qui jouent le rôle d'alcools hexatomiques, c'est-à-dire ayant la propriété de se combiner avec 6 éq. d'un acide monobasique avec élimination de 6 éq. d'eau pour former des éthers.

La substance la mieux caractérisée comme alcool hexatomique est la mannite, matière sucrée dont la composition est exprimée par la formule

$$C^{12}H^{14}O^{12}.$$

A la mannite se rattache le glucose qui ne diffère de la mannite que par 2 équivalents d'hydrogène en moins. On peut l'envisager comme un alcool hexatomique.

Des généralités sur les matières sucrées me paraissent trouver place ici ; je vais en dire quelques mots :

On les divise en { A *Matières sucrées renfermant un excès d'hydrogène* (mannite $C^{12}H^{14}O^{12}$.

B *Sucres proprement dits* { *Glucoses.* . . . $C^{12}H^{12}O^{12}$ (1).

*Saccharoses* . . $C^{24}H^{22}O^{22}$ (2).

A. Matières sucrées renfermant excès d'hydrogène.   $C^{12}H^{14}O^{12}$.

A ce groupe appartiennent

Mannite. . Qui par déshydratation se change en *mannitane*; et c'est la mannitane qui dans les combinaisons de la mannite avec les acides joue le rôle d'*alcool*.

Dulcite — Pinite — Quercite — Mélampyrite — Indiglucite.

*Glucoses*  $C^{12}H^{12}O^{12}$
Divisés en 2 classes.

Le glucose, par l'action de la chaleur, se change en *glucosanne*, et c'est la glucosanne qui se combine aux acides pour donner les éthers du glucose appelés *saccharides* (Berthelot).

*fermentescibles*

| Glucose | Ces corps donnent par la ferment$^{on}$ $C^{12}H^{12}O^{12} = 4$ $(CO^2) + 2C^4H^6O^2$. |
| Levulose | |
| Maltose | |
| Galactose | |

*non fermentesc.*

Encalyne.
Sorbine.
Inosite.

Ces saccharides peuvent, par l'action des acides, se changer en acide + en un sucre fermentescible. — Ce qui les rapproche d'un groupe intéressant les *glucosides*, parmi lesquels nous citerons (Amygdaline — Phlorrhyzine — Salicine — Jalappine — Tannin).

*A. Sucres* Saccharoses. . . . . .

Saccharose.
Mélézitose.
Tréchalose.
Lactose.

PROPRIÉTÉS COMPARÉES DES GLUCOSES ET DES SACCHAROSES.

| *Glucoses.* | *Saccharoses.* |
|---|---|
| 1° Fermentent directement, sauf encalyne — sorbine — inosite. | Ne fermentent pas directement. Pour fermenter, ils se transforment d'abord en glucose par l'action des acides étendus. |
| 2° Réduisent le tartrate de cuivre et de potasse. | Ne réduisent par le tartrate de cuivre et de potasse. |
| 3° Solubles dans l'eau. — Peu solubles dans l'alcool. | On les considère comme des combinaisons de glucoses pris deux à deux. |
| 4° Se combinent lentement aux acides. | Ex. : Saccharose = glucose + lactose. |

## DES ÉTHERS.

---

Un éther est le résultat de la combinaison d'un alcool avec un acide, avec élimination d'eau.

Deux cas peuvent se présenter :

Si l'acide qu'on fait agir sur l'alcool est un hydracide, *on a un éther simple.*

Si l'acide qu'on fait agir sur l'alcool est un oxacide, on a un éther composé.

Enfin on appelle aussi *éther* le résultat de la combinaison de deux alcools entre eux, avec élimination d'eau. On appelle cette classe d'éthers les *éthers mixtes.*

*Constitution des éthers.* 1° Pendant longtemps les chimistes français, M. Dumas en tête, ont considéré les éthers comme des corps *comparables aux sels ammoniacaux.*

Alors l'éther chlorhydrique, par exemple, avait pour formule $C^4H^4,HCl$, formule comparable au chlorhydrate d'ammoniaque $AzH^3,HCl$, l'éther acétique $C^4H^4,C^4H^4O^4$ comparé à l'acétate d'ammoniaque $AzH^4,C^4H^4O^4$.

2° Plus tard, M. Berzélius et les chimistes allemands, imbus des idées dualistiques, virent dans les éthers des sels comparables au chlorure de potassium KCl.

$$\left(\begin{array}{c} C^4H^5 \text{ étant un radical,} \\ \text{appelé éthyle} \end{array}\right) \quad \text{comme} \quad \left(\begin{array}{c} AzH^4 \text{ est un radical} \\ \text{appelé ammonium} \end{array}\right)$$

Alors la formule de l'éther chlorhydrique devient $C^4H^5,Cl$ comparable à $AzH^4,Cl$.

— de l'éther acétique — $C^4H^5O,A$ — $AzH^4O,A$.

3° Les chimistes modernes, en adoptant la théorie unitaire, considèrent les éthers comme des corps binaires se rattachant,

*Les uns* (éthers simples) au type acide chlorhydrique. $\left.\begin{array}{c} H \\ Cl \end{array}\right\}$

*Les autres* (éthers composés) au type eau. . . . . . $\left.\begin{array}{c} H \\ H \end{array}\right\} O^2.$

Dans cette théorie la formule des éthers simples devient :

$$\text{Type HCl} = \left.\begin{matrix} \text{H} \\ \text{Cl} \end{matrix}\right\} \cdots \cdots \left.\begin{matrix} \text{C}^4\text{H}^5 \\ \text{Cl} \end{matrix}\right\} \text{ Éther chlorhydrique.}$$

La formule des éthers composés devient :

$$\text{Type eau} = \left.\begin{matrix} \text{H} \\ \text{H} \end{matrix}\right\} \text{O}^2 \cdots \cdots \left.\begin{matrix} \text{C}^4\text{H}^5 \\ \text{AzO}^4 \end{matrix}\right\} \text{O}^2.$$

4° M. Berthelot, sans rien préjuger, adopte pour formule de l'alcool ordinaire $C^4H^4$ ($H^2O^2$), formule typique qui montre que $H^2O^2$ peut être remplacé par tout autre corps occupant le même volume gazeux.

Si j'applique cette notation aux éthers, je vois que la formule de l'éther chlorhydrique devient $C^4H^4$ (HCl).

Celle de l'éther acétique $C^4H^4$ ($C^4H^4O^4$).

*Des éthers simples.* — Résultat de la combinaison d'un alcool avec un hydracide moins 2 éq. d'eau.

$$\text{Réaction générale} \quad C^4H^6O^2 + HR - H^2O^2 = C^4H^5R.$$

Ce sont des liquides qui se préparent en faisant agir directement l'acide sur l'alcool. Parmi ces éthers je citerai :

| | |
|---|---|
| Éther chlorhydrique, | Éther sulfhydrique, |
| Éther bromhydrique, | Éther cyanhydrique. |
| Éther iodhydrique, | |

De même que l'alcool ordinaire donne avec les hydracides des éthers simples, de même les alcools homologues et les alcools isologues de l'alcool ordinaire donnent des éthers simples en se combinant aux hydracides.

| | |
|---|---|
| Ex. : *Éthers homologues fournis par les alcools homologues de l'alcool ordinaire.* | *Éthers isologues fournis par les alcools isologues de l'alcool ordinaire.* |
| Alcool méthylique. Éther méthylchlorhydrique. — Éther méthylbromhydrique. | Éther sulfhydrique de l'alcool allylique. |

Parmi ces éthers simples, le plus important est sans contredit l'éther iodhydrique et ses homologues, éther amyliodhydrique, éther méthyliodidhryque.

A. En faisant réagir du zinc, du mercure ou de l'étain sur les éthers cités plus haut, M. Frankland, d'abord, puis MM. Cahours, Riche, sont parvenus à créer une nouvelle classe de corps appelée radicaux organo-métalliques.

### DES RADICAUX ORGANO-MÉTALLIQUES.

Ces corps sont très-intéressants par l'analogie de leurs réactions avec les métaux.

Ils forment des oxydes, des chlorures, des sulfures, des sels.

Ils se préparent en faisant réagir les iodures de méthyle (ou éther méthylique),
—          —          éthyle (ou éther éthylique),
—          —          amyle (ou éther amylique).

1° Sur le zinc . . et alors on a . . . $\begin{cases} \text{Zinc-méthyle,} \\ \text{Zinc-éthyle,} \\ \text{Zinc-amyle.} \end{cases}$

2° Sur l'étain. . . et alors on a . . . $\begin{cases} \text{Étain-méthyle,} \\ \text{Étain-éthyle,} \\ \text{Étain-amyle.} \end{cases}$

B. L'éther iodhydrique en agissant sur les sels anhydres d'argent, produit de l'iodure d'argent, tandis que la molécule organique $C^4H^5$ se combine avec l'acide du sel pour former un éther composé; c'est donc un éthérisant par excellence.

C. L'éther iodhydrique sert aussi à former des ammoniaques composées (Hoffmann).

$$\text{Ex. : } \quad C^4H^5I + z \begin{cases} H & C^4H^5 \\ H + & H \\ H & H \end{cases} + HI.$$

*Des éthers composés.* — On appelle ainsi le résultat de la combinaison d'un alcool et d'un oxacide avec élimination de 2 équivalents d'eau :

$$C^4H^4O^4 + C^4H^6O^3 - H^2O^2 = C^4H^5O, C^4H^3O^3 \text{ (éther acétique).}$$

*Généralités.* — Les éthers composés sont en général des liquides peu solubles dans l'eau, très-solubles dans l'alcool.

*Action de l'eau.* — L'eau les décompose à la longue, et reproduit l'acide + l'alcool générateurs.

*Des bases.* — Les bases accélèrent cette régénération. Par l'action des bases il se forme l'acide + l'alcool générateurs.

*De l'ammoniaque.* — L'ammoniaque régénère l'alcool ; mais elle forme un corps appelé *amide* qui diffère du sel ammoniacal correspondant en ce qu'il renferme 2 équivalents d'eau de moins que lui.

$$\text{Ex.}: \quad \underbrace{C^4H^5O, C^4H^3O^3}_{\text{éther acétique}} + AzH^3 = \underbrace{C^4H^6O^2}_{\text{alcool}} + \underbrace{C^4H^5AzO^2}_{\text{acétamide}}.$$

DIVISION DES ÉTHERS COMPOSÉS EN DEUX CLASSES.

Les éthers composés se divisent en deux classes.

1° *Éthers composés neutres.* — Si tout l'hydrogène basique de l'acide a été remplacé par un radical alcoolique (éthyle $C^4H^5$ par exemple).

2° *Éthers composés acides, ou acides viniques.* — Si l'hydrogène basique de l'acide a été remplacé en partie seulement par un radical alcoolique (éthyle $C^4H^5$ par exemple).

Prenons l'acide sulfurique. — C'est *un acide bibasique.* — Il donne deux éthers.

Quelle est dans la théorie unitaire la formule de l'acide sulfurique

$$\left. \begin{matrix} H \\ H \end{matrix} \right\} \ S^2O^8 ?$$

Si tout l'hydrogène basique de cet acide est remplacé par un radical alcoolique éthyle, par exemple, nous aurons d'après la définition un éther neutre dont la formule sera :

$$\left. \begin{matrix} C^4H^5 \\ C^4H^5 \end{matrix} \right\} \ S^2O^8.$$

Si une partie de l'hydrogène basique de cet acide est remplacée par un radical alcoolique, éthyle, par exemple, nous aurons, d'après la définition donnée plus haut, un éther acide, ou acide vinique dont la formule sera :

$$\left. \begin{array}{c} C^4H^5 \\ H \end{array} \right\} S^2O^8.$$

PRÉPARATION DE CES ÉTHERS (éthérification).

1$^{re}$ *méthode.* FAIRE AGIR L'ACIDE SUR L'ALCOOL. $\left\{ \begin{array}{l} \text{directement, si l'acide est fort.} \\ \text{en faisant intervenir un acide fort,} \\ \quad \text{si l'acide est faible.} \end{array} \right.$

### Cas d'un acide faible à éthériser.

Dans ce cas l'acide est généralement un acide organique.

Nous avons dit que pour activer l'action on faisait intervenir un acide fort. Les acides les plus employés sont l'acide chlorhydrique et l'acide sulfurique.

A. *Emploi de l'acide chlorhydrique.* — On dissout l'acide à éthérifier dans l'alcool, et l'on sature la solution par un courant de gaz chlorhydrique. On traite par l'eau la liqueur saturée ; l'éther composé se sépare sous forme d'une couche oléagineuse.

B. *Emploi de l'acide sulfurique.* — On distille l'acide à éthérifier avec un mélange d'alcool + d'acide sulfurique.

L'acide sulfurique agit par sa puissante affinité pour l'eau, mais son action n'est pas directe. Il agit d'abord sur l'alcool pour former de l'acide sulfovinique ; et ce dernier acide agit sur l'autre à éthérifier par double décomposition.

2$^e$ *Méthode.* Chauffer l'acide et l'alcool dans des tubes scellés, à des températures voisines de 150° à 200° (M. Berthelot).

M. Berthelot prétend que par ce procédé, l'éthérification a lieu avec les acides les plus faibles.

3$^o$ *Méthode.* — Par double décomposition, en distillant un sel dont on veut éthérifier l'acide avec du sulfovinate de potasse.

Ex. : Emploi de ce procédé pour avoir éther acétique.

Acétate de potasse qu'on distille avec du sulfovinate de potasse.

*Réaction.* — Il se forme : 1° sulfate de potasse ;
2° éther acétique.

4$^e$ *Méthode.* — Décomposer par l'éther iodhydrique un sel d'argent dont on veut éthérifier l'acide (procédé Wurtz).

Pour avoir, par exemple, éther carbonique, je prends du carbonate d'argent et je le traite par l'éther iodhydrique.

*Réaction.* — Il se forme : 1° éther carbonique ;

                 2° iodure d'argent.

---

*On divise les éthers composés en deux classes :*

        Éthers composés à oxacides minéraux;

                    à oxacides organiques.

L'alcool ordinaire donne des éthers composés très-intéressants, que je vais seulement signaler.

| Ethers nitrique | | | Ether oxalique | |
|---|---|---|---|---|
| — sulfurique | } à oxacides minéraux. | | — acétique | à oxacides |
| — siticique | | | — benzoïque | organiques. |
| | | | — cyanique | |

De même que les alcools homologues et isologues de l'alcool ordinaire donnent avec les hydracides des éthers simples, de même ces alcools donnent avec les oxacides des éthers composés.

Ex. Alcool amylique avec ac. acétique — $H^2O^2$. . Donne éther amylacétique.

     — Méthylique avec ac. acétique — $H^2O^2$.      —      méthylacétique

     — Benzoïque avec ac. acétique, — $H^2O^2$.      —      acéto-benzoïque.

La troisième classe d'éther est formée par les éthers mixtes.

*Éthers mixtes.* — Ils résultent de la combinaison de deux alcools avec élimination de 2 équivalents d'eau.

$$\text{Ex. } C^4H^6O^2 + C^4H^6O^2 - H^2O^2 = C^8H^{10}O^2.$$

Le plus important de ces éthers est l'éther ordinaire, appelé autrefois éther sulfurique, désigné aujourd'hui sous le nom d'éther mixte *ordinaire, hydrique.* Je ne veux ni entrer dans les détails de sa préparation ni exposer les propriétés de ce corps. Je dirai seulement qu'il se prépare par l'action de l'acide sulfurique sur l'alcool.

On a été longtemps pour savoir comment agissait l'acide sulfurique, et plusieurs théories ont été émises.

1° Les uns ont dit que l'acide sulfurique *exerçait une action de présence*, à la faveur de laquelle il y avait dédoublement de l'alcool en éther + en eau $C^4H^6O^2=C^4H^5O+HO$. Donc une même quantité d'acide sulfurique peut servir à éthérifier des quantités très-grandes d'alcool.

2° D'autres ont prétendu que l'acide sulfurique *agissait comme déshydratant.*

Cette opinion doit être fausse si l'on réfléchit:

1° Qu'il suffit d'une petite quantité d'acide sulfurique pour éthérifier une grande quantité d'alcool ;

2° Que l'eau séparée ne s'unit pas à l'acide sulfurique, mais passe à la distillation avec l'éther ;

3° La troisième théorie est celle due à M. Williamson, c'est la seule adoptée aujourd'hui.

M. Williamson admet :

1° Que par l'action de l'acide sulfurique sur l'alcool, il se forme de l'*acide sulfovinique ;*

2° Que l'éther provient de la destruction de l'acide sulfovinique par l'excès d'alcool.

Réaction
$$C^4H^6O^2 + 2(SO^3,HO) = C^4H^5OHO,2SO^3 + 2HO.$$

$$C^4H^5OHO,2SO^3 + C^4H^6O^2 = \left. \begin{array}{c} C^4H^5O \\ C^4H^5O \end{array} \right\} + 2(SO^3,HO).$$

On voit que puisque l'acide sulfurique est sans cesse régénéré, une petite quantité initiale de cet acide peut servir indéfiniment, théoriquement au moins, pour éthérifier une grande quantité d'alcool.

Cette théorie conduit à assigner à l'éther la formule $C^8H^{10}O^2 = 2(C^4H^5O)$.

———

De même que deux molécules d'alcool éthylique se combinent avec élimination de 2 équivalents d'eau, pour former l'éther ordinaire.

De même deux molécules d'un alcool homologue de l'alcool éthylique se combinent avec élimination de 2 équivalents d'eau éthylique, pour former l'éther ordinaire de cet alcool homologue.

Ex. $C^2H^4O^2 + C^4H^5O^2 - H^2O^2 = C^6H^6O^3$ (éther ordinaire).

Alcool méthylique          de l'alcool méthylique.

## DES ÉTHERS NATURELS.

A côté de ces éthers, formés artificiellement par les procédés de laboratoire, se trouvent d'autres éthers tous formés dans la nature ; on les appelle *éthers naturels*, et parmi eux, je citerai l'*essence de Gaultheria procumbens* $C^{16}H^8O^6$ qui résulte de la combinaison de l'acide salicylique avec l'alcool méthylique avec élimination de 2 équivalents d'eau.

## DES ALDÉHYDES.

J'ai dit en commençant que si l'on oxydait les alcools avec ménagement, on obtenait les aldéhydes.

Cette oxydation se fait en enlevant de l'hydrogène à l'alcool.

Si l'on enlève 2 équivalents d'hydrogène à l'alcool ordinaire, on obtient l'aldéhyde ordinaire.

$$C^4H^6O^2 - H^2 = C^4H^4O^2.$$

Donc nous définirons les *aldéhydes* des composés correspondant aux alcools dont ils diffèrent par 2 équivalents d'hydrogène en moins.

La réaction générale qui préside à leur formation est la suivante:

$$C^4H^6O^2 - H^2 = C^4H^4O^2.$$

A chaque alcool correspond un aldéhyde.

Ex.     $C^8H^{10}O^2 - H^2 = C^8H^8O^2$ (aldéhyde butyrique).
         $C^{10}H^{12}O^2 - H^2 = C^{10}H^{10}O^2$ (aldéhyde valérique).

Donc, la classification des aldéhydes doit correspondre à celle des alcools. C'est en effet ce qui a lieu.

*Tableau des aldéhydes.*

| $C^{2n}H^{2n}O^2$ | $C^{2n}H^{2n-2}O^2$ | $C^{2n}H^{2n-4}O^2$ | $C^{2n}H^{2n-8}O^2$ | $C^{2n}H^{2n-19}O^2$ |
|---|---|---|---|---|
| Aldéhydes. | Aldéhyde. | Aldéhyde. | Aldéhyde. | Aldéhyde. |
| Formique. | Allylique. | Campholique. | Benzoïque. | Cinnamique. |
| Éthylique. | | | | |
| Propylique. | | | | |
| Butyrique. | | | | |
| Valérique. | | | | |
| Ænanthylique. | | | | |
| Caprylique. | | | | |
| Caprique. | | | | |

Les aldéhydes sont des corps intermédiaires entre les alcools et les acides.

1° Si on les oxyde, les aldéhydes se changent en acides.

Ex. Si on oxyde l'aldéhyde ordinaire $C^4H^4O^2$, on obtient l'acide acétique $C^4H^4O^4$.

2° Si on les réduit, les aldéhydes se changent en alcools.

Ex.     Aldéhyde ordinaire $C^4H^4O^2 + H^2 = C^4H^6O^2$.

Les aldéhydes se combinent à l'ammoniaque et donnent des cristaux. Ils se combinent avec les bisulfites alcalins et donnent de beaux cristaux.

Le groupe des aldéhydes est très-important; il contient un grand nombre d'essences oxygénées, et parmi elles je citerai :

L'essence d'amandes amères. . . qui est l'aldéhyde de l'alcool benzoïque.
Le camphre de bornéo. . . . . . qui est l'aldéhyde de l'alcool campholique.

*Préparation.* — Les aldéhydes s'obtiennent en général en oxydant les alcools correspondants avec ménagement.

On doit à M. Piria le procédé suivant, général pour la préparation des aldéhydes.

Distiller un mélange intime de formiate de chaux sec avec un sel de chaux à acide organique correspondant à l'aldéhyde à obtenir.

**Ex.** L'aldéhyde ordinaire s'obtient en distillant formiate de chaux + acétate de chaux.

Réaction $CaO,C^2HO^3 + CaO,C^4H^3O^3 = 2(CaO,CO^2) + \dfrac{C^4H^4O^2}{\text{Aldéhyde}}$.

L'aldéhyde butyrique s'obtient en distillant formiate de chaux + butyrate de chaux.

---

## DES ACIDES ORGANIQUES.

Ñous avons dit aux généralités, que si, l'on oxyde les alcools, on obtient d'abord les aldéhydes, et que si l'on pousse plus loin l'oxydation, on obtient les acides.

**Ex.** Si l'on oxyde l'alcool ordinaire $C^4H^6O^2 + O^4 = C^4H^4O^4 + H^2O^2$.

Donc nous voyons qu'à chaque alcool correspond un acide, et que le nombre de ces acides doit être considérable.

*Généralités.*—Les acides organiques présentent les mêmes propriété essentielles que les acides minéraux.

Ils donnent des sels susceptibles de décomposition immédiate et analogues aux sels minéraux.

Comme les acides minéraux, on connaît des acides organiques mono, bi, tri et même quadribasiques. A ces différences dans les capacités de saturation, correspondent des différences dans les propriétés physiques.

En effet, les acides polybasiques sont tous détruits par la chaleur.

Les acides monobasiques sont au contraire volatils.

Les acides organiques sont en général solides et cristallisables; quelques-uns cependant sont liquides. (Ex. A. formique.—A. acétique. — A. butyrique. — A. valérique. — A. caproïque, etc.)

Ils sont solubles dans l'eau ou insolubles, et l'on remarque que plus la formule de l'acide s'élève, plus la solubilité dans l'eau diminue.

*Action de la chaleur.* — Les uns perdent de l'eau et se transforment en acides anhydres.

Quelques-uns perdent de l'eau et se transforment en acides dérivés de l'acide primitif, appelés acides pyrogénés.

*État naturel.* — Ces acides sont très-répandus dans le règne végétal (acide oxalique-citrique). On en trouve aussi chez les animaux (acide formique-urique).

D'autres enfin sont des produits de laboratoire.

*Composition.* — Ils sont en général formés de carbone-hydrogène et d'oxygène.

Quelquefois ils contiennent de l'azote. Les uns sont représentés par des formules complexes. Ex. Acide stéarique $C^{68}H^{68}O^7$.

D'autres, au contraire, ont des formules très-simples. Ex. l'acide formique $C^2H^2O^4$.

*Préparation et synthèse.* — Ils peuvent se former de diverses manières qui peuvent se ranger en trois grandes classes.

1° Par oxydation des carbures d'hydrogène,
— des alcools,
— des aldéhydes,
— des acides moins oxygénés;

2° Par combinaison des carbures d'hydrogène avec les éléments de l'eau,
— — — oxyde de carbone,
— — — acide carbonique;

3° Par la combinaison d'un acide organique avec carbure,
— — — aldéhyde,
— — — acide.

Le nombre des acides étant considérable, on les a classés en plusieurs séries suivant les proportions d'oxygène qu'ils renferment.

On connaît des acides
à 4 équivalents d'oxygène.
6 — —
8 — —
10 — —
12 — —
14 — —
16 — —

Je ne donnerai pas le tableau complet des acides, j'exposerai seulement les acides les plus employés en les rangeant d'après la classification précédente.

| Acides à 4 éq. d'oxygène. | Acide à 6 éq. d'oxygène. | Acides à 8 éq. d'oxygène. | Acides à 10 éq. d'oxygène. | Acide à 12 éq. d'oxygène. | Acide à 14 éq. d'oxygène. | Acide à 16 éq. d'oxygène. |
|---|---|---|---|---|---|---|
| Acides Formique. Acétique. Butyrique. *Acides gras.* A.Benzoïque. Stéarique. | Acide Lactique. | Acides Oxalique. Succinique. Fumarique. | Acides Malique. Gallique. | Acide Tartrique. | Acide Citrique. | Acide Mucique. |

*Des acides à 4 équivalents d'oxygène.* — Ces acides distillent sans décomposition.

Leur point d'ébullition s'élève de 18° environ quand on passe d'un terme au suivant, et en général il est supérieur de 40° environ à celui de l'alcool correspondant.

*Action de la chaleur.* — Ces acides et leur sel de chaux notamment, se détruisent par la chaleur et donnent des composés appelés *acétones.*

Ex. L'acide acétique     donne acétone,
    —    butyrique    —    butyrone,
    —    valérique    —    valérone.

*Constitution des acétones.* — On a considéré les acétones comme des aldéhydes dont une molécule d'hydrogène est remplacée par une molécule hydrocarbonée.

Les sels ammoniacaux de ces acides distillés avec de l'acide phosphorique anhydre perdent 4 équivalents d'eau et donnent les éthers cyanhydriques de l'alcool inférieur.

Ex. L'acétate d'ammoniaque forme le cyanure de méthyle $C^2H^3Cy$.

Tous ces acides sont monobasiques, et ils forment des sels avec les bases.

On les trouve généralement sous deux états : à l'état anhydre,
à l'état hydraté.

A l'état anhydre ils se préparent par une méthode générale
donnée par Gerardht et qui consiste :

1° A faire réagir l'oxychlorure de phosphore sur le sel de potasse de l'acide qu'on veut obtenir;

2° A faire ensuite réagir le radical formé sur le sel de potasse
de l'acide à obtenir.

Ex. Préparation de l'acide acétique anhydre :

1° Faire réagir oxychlorure de phosphore sur l'acétate de potasse.
On obtient chlorure d'acétyle.

2° On fait agir le chlorure d'acétyle sur l'acétate de potasse,
et l'on obtient du chlorure de potassium + acide acétique anhydre.

Je n'étudierai pas les autres groupes; en leur appliquant ce
que j'ai dit aux généralités sur les acides, on aura une étude
déjà assez complète de ces composés.

---

## DES ALCALIS.

Les alcalis forment une classe nombreuse de corps jouissant
des propriétés alcalines et capables de s'unir avec les acides pour
former des sels bien définis.

Le règne végétal possède un grand nombre d'alcalis tout formés ; mais les réactions chimiques en fournissent un nombre bien
plus grand encore et qu'on appelle alcalis artificiels.

On divise les alcalis en deux classes :  Alcalis naturels,
Alcalis artificiels.

*Des alcalis naturels.* — Les alcalis naturels sont :  Solides.
Liquides.
Gazeux.

*Leur constitution.* — Ils renferment tous de l'azote.
Les uns contiennent de l'oxygène. — Ils sont fixes.

Les autres ne contiennent pas d'oxygène. — Ils sont volatils.

La saveur de ces corps est amère ; ils exercent une action violente sur l'économie.

Ils dévient le plan de polarisation à gauche, sauf la cinchonine qui dévie à droite.

Les alcalis sont peu ou point solubles dans l'eau. — ils sont plus solubles dans l'alcool et dans l'éther.

Ces corps se rapprochent de l'ammoniaque par leurs réactions en effet,

1° Ils s'unissent directement aux hydracides.

2° Ils ne peuvent former de sels avec les oxacides anhydres. — La présence de l'eau est indispensable à cette combinaison.

3° Ils donnent avec le bichlorure de platine des chloroplatinates jaunes peu solubles dans l'eau.

*Principaux alcaloïdes employés.* — Les principaux sont :

| Alcaloïdes de l'o-pium. | Alcaloïdes des strychnées. | Alcaloïdes des quinquinas. | Alcaloïde de la belladone. | Alcaloïde de la ciguë. | Alcaloïde de la cévadille. |
|---|---|---|---|---|---|
| Morphine, codéine, narcotine. | Strychnine, brucine. | Quinine, cinchonine. | Atropine. | Cicutine. | Vératrine. |

Un mot sur leur extraction.

Les alcaloïdes existent généralement dans les végétaux à l'état de sels. Pour les extraire il faut considérer deux cas.

*Alcaloïdes solides.* — Épuiser le végétal par eau acidulée à l'acide chlorhydrique, et par lixiviation, et par décoction. On transforme ainsi l'alcaloïde en un chlorhydrate soluble.

On traite ce chlorhydrate par la chaux, la potasse, la magnésie, l'ammoniaque, ou le carbonate de soude ; l'alcaloïde se précipite ; on lave sèche, pulvérise ce précipité.

*Purification.* — Pour le purifier on peut se servir de deux méthodes.

1" *méthode.* — Épuiser ce précipité par l'alcool qui n'enlève que l'alcaloïde ; on ajoute du noir animal pour décolorer et par l'évaporation de l'alcool ; on obtient l'alcaloïde.

2° *méthode.* — Traiter le précipité par l'acide chlorhydrique. — On fait un chlorhydrate soluble qu'on décompose par l'ammoniaque.

*Alcaloïdes volatils.*—Épuiser le végétal par eau acidulée à l'acide chlorhydrique et par lixiviation et décoction. Concentrer les liqueurs. Ajouter de la potasse et distiller. L'alcaloïde passe d ans le récipient.

On traite par l'acide oxalique ; il se fait un oxalate soluble qu'o n traite par la potasse et l'éther. — La potasse met l'alcaloïde en liberté, et l'éther le dissout. Par l'évaporation de l'éther, on obtient l'alcaloïde.

*2e classe des alcalis artificiels.*—Ces alcalis sont très-nombreux ; les plus importants sont l'aniline et les ammoniaques composées.

Les alcalis résultent de la combinaison de l'ammoniaque avec une matière oxygénée jouant le rôle d'alcool ou d'aldéhyde.

Si $AzH^3$ se combine avec alcool, la combinaison s'appelle *alcali*.

Si $AzH^3$ se combine avec aldéhyde, la combinaison s'appelle *hydramide*.

Ces alcalis se préparent par deux méthodes générales.

*1re méthode.* Traiter un carbure d'hydrogène par l'acide azotique. Une partie de l'hydrogène est brûlée, et le composé $AzO^4$ se substitue à cette partie de l'hydrogène brûlé.

Si l'on traite le nouveau corps formé par l'hydrogène sulfuré, ou mieux par le sulfhydrate d'ammoniaque, on obtient un composé qui jouit des propriétés alcalines, et qui se combine aux acides pour donner des sels.

Ex. Préparation de l'aniline.

Si l'on traite la benzine par $AzO^5$, on obtient :

$$C^{12}H^6 + AzO^5 = C^{12}H^5(AzO^4) + O$$
$$\text{nitrobenzine}$$
$$C^{12}H^5(AzO^4) + 6HS = C^{12}H^7Az + 6S + 4HO.$$
$$\text{aniline.}$$

*2° méthode.* Action de la potasse sur éthers cyaniques,
éthers cyanuriques,
urées.

Cette seconde méthode a conduit M. Würtz à la découverte des ammoniaques composées.

*Diverses manières de considérer les ammoniaques composées.*

M. Würtz rattache la formation de ces alcalis aux alcools.

En effet, les alcools renferment des groupes hydrocarbonés, appelés *radicaux alcooliques*, qui ont la propriété de passer intacts dans une foule de substitutions.

Ex. L'alcool éthylique renferme, comme radical alcoolique, l'éthyle $C^4H^3$.

Ce corps peut se substituer à l'hydrogène des acides pour former des éthers composés.

De même l'éthyle et en général les radicaux alcooliques peuvent entrer dans des combinaisons basiques et en particulier, se substituer :

A l'hydrogène de l'ammoniaque pour former. .    *Ammoniaques composées.*
A l'hydrogène de l'hydrogène phosphoré $PhH^3$.    *Alcalis phosphorés,*
A l'hydrogène de l'hydrogène arsénié $AzS^3$. . .    *Alcalis arséniés.*
A l'hydrogène de l'hydrogène antimonié $SbS^3$.    *Alcalis antimoniés.*

Des travaux de M. Würtz, il résultait que l'alcool pouvait donner avec l'ammoniaque un alcali artificiel.

EXPÉRIENCES DE M. HOFFMANN.

Mais M. Hoffmann montra bientôt qu'un même alcool peut donner plusieurs alcalis artificiels.

En effet, peu de temps après M. Würtz, il publia un travail remarquable qui fut une éclatante confirmation des recherches précédentes.

Il fit agir sur l'ammoniaque un radical alcoolique combiné à un élément avide d'hydrogène, espérant par là éliminer l'hydrogène, et introduire à sa place le radical alcoolique mis en liberté.

Les chlorures, les bromures, les iodures sont des corps avides d'hydrogène. Il put les choisir, mais il préféra les bromures à cause : 1° de la volatilité des chlorures; 2° de l'instabilité des iodures.

1° M. Hoffmann, en faisant agir le bromure d'éthyle (éther bromhydrique, éthyle radical alcoolique combiné à Br, élément avide d'hydrogène), à 100° sur une solution alcoolique de potasse, obtint un abondant dépôt de bromhydrate d'éthylamine.

Si on distille ce bromhydrate d'éthylamine sur la potasse, on obtient l'éthylamine.

$$\text{Réaction } C^4H^5Br + Az \begin{Bmatrix} H & C^4H^5 \\ H = & H, \\ H & H \end{Bmatrix} + HBr.$$

2° M. Hoffmann, considérant l'éthylamine comme une véritable ammoniaque, espéra qu'elle se comporterait comme l'ammoniaque elle-même.

Il fit agir alors le bromure d'éthyle sur l'éthylamine, et il obtint du bromhydrate d'un nouvel alcali, dont la formation s'explique ainsi :

$$C^4H^5Br + Az \begin{Bmatrix} C^4H^5 \\ H \\ H \end{Bmatrix} = Az \begin{Bmatrix} C^4H^5 \\ C^4H^5, HBr. \\ H \end{Bmatrix}$$

Cette base nouvelle, qu'on isole comme l'éthylamine, s'appelle la *diéthylamine*.

3° De même si l'on fait agir le bromure d'éthyle sur la diéthylamine, on obtient le bromhydrate d'un nouvel alcali, qu'on isole comme la diéthylamine et qu'on appelle la triéthylamine.

$$C^4H^5Br + Az \begin{Bmatrix} C^4H^5 \\ C^4H^5 \\ H \end{Bmatrix} = Az \begin{Bmatrix} C^4H^5 \\ C^4H^5, HBr. \\ C^4H^5 \end{Bmatrix}$$

Dans ce même travail, M. Hoffmann essaya l'action du bromure d'éthyle sur l'aniline, et il obtint l'éthylaniline,
la diéthylaniline.

Et il prouva ainsi que l'aniline était une ammoniaque composée comparable à l'éthylamine de M. Würtz.

### IDÉES DE M. BERTHELOT.

M. Berthelot prend comme point de départ pour l'étude de ces alcalis, leur analogie avec les éthers.

Pour lui les alcalis artificiels représentent les éthers ammoniacaux des divers alcools.

De même que l'éther acétique, par exemple, est le résultat de l'union de l'alcool avec l'acide acétique moins deux équivalents d'eau $C^4H^6O^2 + C^4H^4O^4 - H^2O^2 = C^4H^5O, C^4H^3O^3$;

De même un éther ammoniacal sera le résultat de l'union d'un alcool avec l'ammoniaque moins deux équivalents d'eau;

De même

$$\text{Ex. } C^4H^6O^2 + AzH^3 - H^2O^2 = C^4H^7Az \text{ (éthylamine)};$$
$$C^2H^4O^2 + AzH^3 - H^2O^2 = C^2H^5Az \text{ (méthylamine)}.$$

Si l'on prend la première série des alcools dont la formule générale est $C^{2n}H^{2n+2}O^2$,

on a *méthylamine*, éther ammoniacal de l'alcool méthylique

| | | | |
|---|---|---|---|
| éthylamine | id. | id. | éthylique |
| propylamine | id. | id. | propylique |
| butylamine | id. | id. | butylique, etc. |

De même dans la deuxième série des alcools, nous trouvons : acétylamine, éther ammoniacal de l'alcool acétique.

Que seront dans cette théorie les autres alcalis étudiés par M. Hoffmann?

*La diéthylamine* sera formée par la combinaison de deux molécules d'alcool avec une molécule d'ammoniaque $- 2(H^2O^2)$.

*La triéthylamine* sera formée par la combinaison de trois molécules d'alcool avec une molécule d'ammoniaque $- 3(H^2O^2)$.

### MODES DE PRÉPARATION EMPLOYÉS PAR M. BERTHELOT.

M. Berthelot emploie à la préparation des alcalis artificiels deux modes généraux :

1° Au moyen des carbures d'hydrogène (ex. aniline, méthode de Zinin);

2° Au moyen des alcools.

*Comment agit-on avec les alcools?* — Si nous nous reportons à la définition d'un alcali, nous savons qu'un alcali est le résultat de la combinaison de l'alcool et de l'ammoniaque $- H^2O^2$.

Donc, pour le préparer, il s'agit de séparer $H^2O^2$ et de fixer

AzH³, et on y arrive en se fondant sur l'action de l'ammoniaque *sur les éthers minéraux.*

Dans cette action il se forme, comme réaction constante, un alcali; l'éther employé surtout est l'éther bromhydrique.

Si nous récapitulons les procédés de préparation des alcalis artificiels, nous arrivons à trois méthodes générales :

    1° Action de AzO⁵ sur les carbures d'hydrogène; action du sulfhydrate d'ammoniaque sur le nouveau corps formé (méthode Zinin), ex. prép. de l'aniline.

    2° Action de la potasse sur les éthers cyaniques (procédé Würtz).

    3° Action de l'ammoniaque sur les éthers bromhydriques (Hoffmann, Berthelot).

*Classification de ces alcalis.* — Parmi les plus importants se trouvent les ammoniaques composées.

| On divise les alcalis en : | THÉORIE DE M. WURTZ. | THÉORIE DE M. BERTHELOT. |
|---|---|---|
| Alcalis primaires, appelés aussi *alcalis amidés.* | Résultent de la substitution de 1 équivalent d'un radical alcoolique à 1 atome d'hydrogène de l'ammoniaque. Formule générale Az { $C^4H^5$ ; H ; H. | Résultent de la combinaison de 1 équivalent d'alcool avec 1 équivalent d'ammoniaque moins 2 équivalents d'eau. |
| *Alcalis secondaires* appelés aussi *alcalis imidés.* | Résultent de la substitution de 2 équivalents d'un radical alcoolique à 2 atomes d'hydrogène de l'ammoniaque. Formule générale Az { $C^4H^5$ ; $C^4H^5$ ; H. | Résultent de la combinaison de 2 équivalents d'alcool avec 1 équivalent d'ammoniaque moins 4 équivalents d'eau. |
| Alcalis tertiaires appelés aussi *alcalis nitrilés.* | Résultent de la substitution de 3 équivalents d'un radical alcoolique à 3 atomes d'hydrogène de l'ammoniaque Az { $C^4H^5$ ; $C^4H^5$ ; $C^4H^5$. | Résultent de la combinaison de 3 équivalents d'alcool avec 1 équivalent d'ammoniaque moins 6 équivalents d'eau. |
| Alcalis de la quatrième classe appelés *bases ammoniées.* | Résultent de la substitution de 4 équivalents d'un radical alcoolique à 4 équivalents d'hydrogène de l'hydrate d'oxyde d'ammonium. AzO,HO { H ; H ; H ; H    Azo,Ho { $C^4H^5$ ; $C^4H^5$ ; $C^4H^5$ ; $C^4H^5$. | Résultent de la combinaison de 4 équivalents d'alcool avec 1 équivalent d'ammoniaque moins 8 équivalents d'eau. |

*Généralités sur chaque classe.* — Les alcalis de la première classe, ou alcalis primaires, se divisent en plusieurs ordres.

| $C^{2n}H^{2n-2}Az.$ | $C^{2n}H^{2n+1}Az.$ | $C^{2n}H^{2n-5}Az.$ | $C^{2n}H^{2n-7}Az.$ | $C^{2n}H^{2n-2}Az.$ |
|---|---|---|---|---|
| Méthylamine. | Acétylamine. | Phénolamine. | Ptoludamine. | Naphtalamine. |
| Ethylamine. | Allylamine. | Benzilamine. | | |
| Propylamine. | | Xylamine. | | |
| Butylamine. | | Cumolamine. | | |
| Amylamine. | | | | |

*Deuxième classe. Alcalis secondaires.* — La classification de ces alcalis est correspondante à celle des alcalis primaires.

En effet, *dans le premier ordre* on aurait Diméthylamine,
Diéthylamine,
Dipropylamine, etc.

*Dans le deuxième ordre* on aurait Diacétylamine,
Diallylamine.

Et de même pour les autres ordres.

A ce groupe appartiennent les alcalis secondaires suivants :
La méthyléthylamine.
La butyléthylamine, etc., etc.

Ce qui nous prouve que dans l'ammoniaque $Az\begin{cases} H \\ H \\ H \end{cases}$

1 éq. d'hydrogène peut être remplacé par le radical $C^4H^5$,
1 éq. d'hydrogène — par le radical $C^2H^3$.

On a alors $Az\begin{cases} C^4H^5 \\ C^2H^3 \\ H \end{cases}$ formule de la métyléthylamine.

*Troisième classe. Alcalis tertiaires.* — Classification correspondante à celle des alcalis primaires.

On a Triéthylamine,
Triméthylamine.
Tributhylamine, etc., etc.

A ce groupe appartiennent la méthyl, éthyl, amylamine.
buthyl, éthyl, amylamine, etc., etc.

Ce qui nous prouve que dans l'ammoniaque $Az\begin{cases} H \\ H \\ H \end{cases}$

on peut remplacer chaque équivalent d'hydrogène par un radical alcoolique différent.

Ex. : Methyl-éthyl-amylamine $Az \begin{cases} C^2H^3... & \text{(Méthyle)} \\ C^4H^5... & \text{(Éthyle)} \\ C^{10}H^{11}. & \text{(Amyle)} \end{cases}$

*Alcalis de la quatrième classe.*

On ne connaît que l'oxyde de tétraméthylammonium $\left. \begin{matrix} C^2H^3 \\ C^2H^3 \\ C^2H^3 \\ C^2H^3 \end{matrix} \right\} AzO,HO.$

*Alcalis phosphorés, arséniés, antimoniés.*

Tout ce que je viens de dire pour les ammoniaques composées s'applique aux alcalis phosphorés, arséniés, antimoniés.

*Alcalis phosphorés.* Méthylphosphine (alcalis primaire),
Diméthylphosphine (alcalis secondaire),
Triméthysphosphine (alcalis tertiaires),
Oxyde de tétraméthylphosphine (alcalis de la 4ᵉ classe), etc.

De même pour les alcalis arséniés et antimoniés.

#### DES AMIDES.

A coté des alcalis, se trouvent les *amides*.

Les amides dérivent de l'union de l'ammoniaque et des acides avec élimination d'eau.

Ex. : Ammoniaque + acide acétique. . . . donnent acétamide.
Ammoniaque + acide benzoïque. . . donnent benzamide.

Tout ce que je viens de dire sur la classification des alcalis peut s'appliquer aux amides. En effet.

On connaît des amides primaires,
—            —    secondaires.
—            —    tertiaires ;

Soit A la formule d'un acide quelconque (mono, bi, tribasique).

N la formule de l'ammoniaque;

H celle de l'eau correspondant à $H^2O^2$.

*Un amide primaire* — est le résultat de la combinaison d'une molécule d'un acide avec une molécule d'ammoniaque — $H^2O^2$.

La formule générale sera $A + N - H =$ amides primaires.

*Un amide secondaire*. — Résultat de la combinaison de deux molécules d'un acide avec une molécule d'ammoniaque — $2(O^2H^2)$

$2A + N - 2H =$ amides secondaires.

*Un amide tertiaire*. — Résultat de la combinaison de trois molécules d'un acide avec une molécule d'ammoniaque — $3(H^2O^2)$.

Formule générale $3A + N - 3H =$ amides tertiaires.

1° Si l'acide qu'on fait agir sur l'ammoniaque est *monobasique* on a une

*Monamide*, et alors :

Monamide primaire,    comb. de 1 mol. d'un ac. monobasique $+AzH^3-H^2O^2$

Monamide secondaire, comb. de 2 mol. d'un ac. monobasique $+AzH^3-2(H^2O^2)$

Monamide tertiaire,    comb. de 3 mol. d'un ac. monobasique $+AzH^3-3(H^2O^2)$

2° Si l'acide qu'on fait agir sur l'ammoniaque est *bibasique* on a une

*Diamide*, et alors :

Diamide primaire,    combin. de 1 mol. d'un acide bibasique $+AzH^3-H^2O^2$

Diamide secondaire, combin. de 2 mol. d'un acide bibasique $+AzH^3-2(H^2O^2)$

Diamide tertiaire,    combin. de 3 mol. d'un acide bibasique $+AzH^3-3(H^2O^2)$

3° Si l'acide qu'on fait agir sur l'ammoniaque est *tribasique* on a une

*Triamide*, et alors :

Triamide primaire,    comb. de 1 mol. d'un acide tribasique $+AzH^3-H^2O^2$

Triamide secondaire, comb. de 2 mol. d'un acide tribasique $+AzH^3-2(H^2O^2)$

Triamide tertiaire,    comb. de 3 mol. d'un acide tribasique $+AzH^3-3(H^2O^2)$

En résumant l'action de l'ammoniaque sur les matières oxygénés diverses, je vois que l'ammoniaque s'unit avec élimination des éléments de l'eau,

1° Aux alcools, *pour former des alcalis*, distingués en { Alcalis primaires. Alcalis secondaires. Alcalis tertiaires.

2° Aux aldéhydes, *pour former des hydramides*.